코딩

시작시인선 0227 코딩

1판 1쇄 펴낸날 2017년 4월 10일
지은이 하재일
펴낸이 이재무
책임편집 박은정
디자인 윤민정
펴낸곳 (주)천년의시작
등록번호 제301-2012-033호
등록일자 2006년 1월 10일
주소 (04618) 서울시 중구 동호로27길 30, 413호(묵정동, 대학문화원)
전화 02-723-8668
팩스 02-723-8630
홈페이지 www.poempoem.com
이메일 poemsijak@hanmail.net

ⓒ하재일, 2017, printed in Seoul, Korea

ISBN 978-89-6021-318-0 04810
　　　978-89-6021-069-1 04810(세트)

값 9,000원

코딩

하재일

천년의
시 작

나는 늙은 인디언에게서 목걸이를 샀다
상앗빛 송곳니를 닮은
짐승의 단단한 뼈
주술에 걸린 영혼이 목걸이에 스며
뿌리가 돋고 잎사귀가 다시 살아났다
이제 더는 숨을 곳 없는 세상의 끝
허공에 핀 수수께끼, 공중 도시로 날아가리
굶주린 콘도르가 부리를 번뜩이며
만년설 바위에 앉아 나의 피를 원한다면
핏방울 몇 줌 기꺼이 뿌려주리
고산 낙타 알파카가 구름에 걸려
발목이 삐어 여기저기 쓰러지는 곳
그곳에서 마른 옥수수 알갱이를
햇살처럼 천천히 뜯어먹으리
나는 너를 악착같이 뜯어 먹으리

2017년 봄 하재일

차례

시인의 말

9

제1부

후회

차라리 푸른 배추밭에
나를 던져버릴걸,

가으내 속이나 차오르게

벼꽃이 필 때

벼꽃이 필 때 나는 지나쳤네
남몰래 울기 시작한 한낮을 모르고
숨죽이며 다가온 바람을 건너서
벼꽃이 필 때 그냥 스쳐갔네

그 누구도 견디기 힘든
뜨거운 사랑이 피는 줄 모르고
들판을 질러 더위를 피해서
벼꽃이 필 때 그냥 흘러갔네

약수터

낮잠 자는 사내가 와 있다
양파 장수 수박 장수 차가 와 있다
신축 빌라 즉시 입주 깃발도 나부끼고
LPG 고압가스 차도 와 있다

고추잠자리가 허공에 와 있다
전라도 말과
경상도 말
충청도 말이 함께 와 있다

손녀와 강아지도 와 있고
환자도 술꾼도
간밤에 부부 싸움했던 사람도 와 있다

혼자서 물통 몇 개 들고
당신도 맨 끝줄에 와 있다

소금의 자화상

매일매일 수천 마리의 염소들이
수백 미터 높이의 수직 절벽을 오르며
아슬아슬한 곡예를 펼치고 있다

암벽은 죽음의 계곡에 위치한
다목적 댐으로, 높이가 천 길에 달하는
깎아지른 듯한 벼랑이다

염소들이 목숨을 걸고
암벽을 타고 오르는 이유는
그날그날 몸이 소금을 요구하기 때문에
펄펄 뛰고 박박 기어오르는 것이다
댐 벽에 말라붙어 있는
한 점 소금을 핥아먹기 위해서

죽기를 무릅쓰고
당신의 몸에 달라붙어 있는 나도
알 수 없는 절벽에 오르다가
당신이 남긴 순정純正한 소금을 맛보게 되었다

지금, 필사적으로 당신이라는 구름에
매달린 나는, 한 줄기 위험한 밧줄이다

당신은 아득해 보이질 않고
염소만 허공에서 음매음매 울고 있다
당신의 모습을 어디서 찾을 수 있을까
나의 주소는 비안개뿐인데

내 어릴 적 동무 짱뚱어

점프가 아니라 날고 싶었지
그러나 새가 아니었던 너
매번 햇볕에 반사된 건 추락이었다

대양으로 돌아가고 싶었지
그러나 강은 너무 멀리 있었다
오지 않는 밀물을 기다리다
눈이 돌아가 퉁방울로 뭉치게 되었지

제발 뛰어다니지 좀 말라고!
농게와 싸우다 몸에 상처만 남는다

으슥한 펄 구멍 하나 찾아
물이 찰 때까지 노을에 누워서
눈을 뜬 채로 잠든 척해라
곧 바다가 말을 타고 건너오리라

등에

그 옛날 등에는 내 손아귀에 있었다
그가 침을 쏠 때 내 심장이 울렁거렸고
그가 허공을 날 때 정신이 아찔했다

나는 동네방네 뛰어다니며
골목길에 새로이 꽃을 심어가며
사람들한테 그의 미덕을 칭송했다

그러나 지금은 아무런 존재 없이 살고 있다
암소의 몸에 꼭꼭 숨어서 높이높이!
도저히 그를 찾을 수도 볼 수도 없다

그는 생업을 포기한 채 밤하늘에
연기만 피우는 철학자가 되고 말았다

우리가 다시 만날 수 있을까

네가 그날 이끼를 보았니
아니, 직접 손으로 만졌습니다

한여름 가벼운 느티나무 아래
그늘에 내려앉아서 노랠 부르다가
그가 나를 불러들였습니다

그는 날개를 접었고
나는 귀엣말을 뱉었으며
다른 이는 시간을 견디면서

우리는 우연히 만났습니다

이끼 낀 의자 위에서
비행을 쉬고 한식경을 보냈습니다

날개는 여지없이 풀어지고
언어는 잃어버렸으며
침묵만 무심코 남았습니다

내 몸에서 이끼가 돋았습니다
만져지기도 하고,
피가 나도록 가렵기도 하면서

네가 이끼를 보았구나
아니, 언제부턴가 이끼가 제 몸 안에서
살고 있었습니다

이제 진정한 돌이 되렵니다

성은 무너지고

말발굽 소리가 끊어진 벌판에
네가 너무나 늦게 찾아왔어

성곽을 지키는 군사들이 보인다
들꽃 정예병과 저격수 곤충들

눈앞의 강물이 최전방 전선일까
옛날 구름을 생각하다가
그만 엉컹퀴에게 손을 찔렸어

광야에서 길을 잃고 헤매지 말 것
지도는 없지만,
사라진 손금을 서서히 확인할 것

어느 날 한차례
소낙비가 네 몸을 훑고 지나갈 테다

기와 불사

아미산 중대암 단풍나무 바다에나 들어가볼까
푸른색은 여태 아물지 못한 내 사랑일세

아무런 치장도 하지 않은 대웅전 단청에 반해
내친김에 기와 불사나 하고 가야 되겠네
스쳐가는 만남이지만 잠깐이라도 걸음 멈추고
소원 하나 기와에 몽당붓으로 예쁘게 그려보겠네
바람 불어 나뭇잎 붉게 흩어지면 어찌 살까나
그만 가자니 비탈길 멀리멀리 돌아서 왔고
이별을 생각하니 마음 이내 어두워지는 것을

삶이란,
비 새는 지붕에 한 장 한 장 얹는 기와 불사처럼
시시때때로,
덧난 상처를 감싸주는 일이나 하는 것이리

뜰 앞에 벗나무

일찍이 하얀 꽃을 보낸 후
너도 세상과 한 빛이 되었다

여름내
초록으로만 지낼 것

느티나무 옆 그늘 아래서
그냥 쉬고 있을 것

내년 봄까지 실업 연금이나
타 먹으며 숨어 지낼 것

제발 화려했던 꽃은 잊고 살 것

열매

씨앗, 그놈 한 번 단단하다
장난삼아 칼로 썰어보니
꼼짝을 안 한다

세상의 떫은맛 혼자 삼키고
단맛 뱉느라 단단해졌다

칼도 두렵지 않은 듯 쟁반 한쪽에
옹기종기 모여 앉아
가을볕에 몸을 말리며 소란스럽다

이제 이쯤에서 이별하자고
독한 마음먹은 놈들이구나

눈동자가 온통 응시뿐이니.

가시

일어나니 부엌에 가시가 놓여 있다
요리하지 않은 보라색이 그대로 있다

보라를 어루만지다 엉겁결에
내 엄지손가락이 가시에 쏘였다
입술에 벌침을 숨겨둔 게 아닌가

나는 도마 위에 채소를 올려놓고
어슷썰기로 보라를 썰기 시작했다

날로 색깔을 먹으면 혓바늘이 돋는단다
얼핏 손가락이 가시에 찔려 핏물이 비쳤다

변색을 싫어하여 태양을 쫓아다닌
당신은 가시를 몰래 숨겨두고 떠났다

가시가 눈을 부라리는 보라색 아침!

담쟁이

가을이 되니 담벼락은
자꾸 손바닥을 흔듭니다

이제 이별이라고
이제 잠시 떠난다고

나는 잘 다녀오라고
그의 붉은 손바닥에
내 손바닥을 갖다대며 말했습니다

이제 머지않아 손바닥은
모두 품에서 사라지고
그의 벽에 글씨만 남을 것입니다

뜻은 모르지만,
캘리그래피로 쓴
무슨 문자 추상화

올겨울 눈송이들이 왕왕 몰려와
벽을 보고, 비문 읽듯 책을 읽겠지요

여름나기

푸르딩딩한 땡감은
이유 없이 왜 자꾸만 땅에 떨어지지

얼굴을 보려고 다가가기만 하면
매미는 울음을 뚝 그치고 왜 날아가지

조롱박은 처마 끝에 숨어
나를 피하며 왜 하얗게 떨고 있지

오이는 수풀 속에서 몸을 비틀며
왜 쓰디쓴 낮잠만 푹푹 자고 있지

잠자리가 날아간 허공을 쳐다보다
나는 왜 죄 없는 나무만 발로 걷어차지

생선

맑은 가을날,
섬 그늘에 홀로 계신
어머니를 찾아갔더니

어머니께서는
가을 장대처럼 바짝 마르셨다

옛날엔
말린 장대를 먹여
나를 살찌게 하시더니만

톡

길을 걷는데
톡, 하고
살구 한 알 떨어진다

얘, 넌 왜 땅만 바라보고
걷는 거니?
가끔 하늘 좀 올려다봐

놀라서 서로 웃고 있는데
살구와 살구씨가 분리된다

생각은 가벼워지고 몸은 다시
빠르게 움직이는 아침

톡, 톡,

담벼락

푸른 도마뱀 떼가
허공에 지문을 찍어가며
수많은 날을 견뎌내는 건,

아무리 어두워도
여전히 잎사귀가
태양을 꿈꾸고 있다는 것

수직의 벽면에
솜털을 그러모아
손아귀 힘으로
환하게 웃고 있다는 건,

바람의 혀가 물어다 준 구름을
햇살의 틈새에 이겨 붙여
꽃을 피운다는 것

시야는 사라지고 푸른 옷만 무성하다

늦은 감꽃

감을 따지도 않고
허공에 저리 오래 남겨두는 이유는

시들지 않는 꽃이라 그렇다고요

가끔 새들이 파먹다 남기게 되면
상처가 서리에 사르륵 얼었다가

녹으면 다시 붉은 꽃이 되지요
별빛 대신 숨이 멎은 등불이 되지요

빗방울의 수다

처음 수다가 시작된 곳은
파밭이다

다음 수다가 머물고 간 곳은
상추밭이다
마지막 수다가 이어진 곳은
무논 근처 우물가다

다시 수다가 시작된 곳은
철새 개개비가 장마철에
세 얻어 입주한 토란잎이다

간밤에 수다를 경청하느라 잠을 잊었다
근사한 낭만을 즐기기 위한 것이 아니라

소나기처럼
나도 단박에 세상을 관통하기 위해서다

밀려 쓴 정답

누구는 사탐시험을 치르는데 답을 밀려 쓰고
감독관이 십 분 정도 남았습니다, 하는데
감독관님, 손을 번쩍 들고 답안지 작성을 잘못했다고
말하자 친구들이 여기저기서 웅성웅성거리고

모두들 조용히 하고 마지막 종 칠 때까지 검토하세요,
하는 다정다감한 목소리가 전해지고
다시 주어진 OMR 카드를 재작성하며 답안지를
점 찍어 나가는데, 종소리가 우수수 울리고
답안지와 문제지를 걷으라는 감독관의 말에
더욱 긴장이 되어 답을 똑바로 적을 수 없고

우여곡절 끝에 답안지를 작성하고
풀이 죽은 채 교실을 빠져나오는데
하늘에서 온통 노란 은행잎이 떨어지고
물론 결과는 좋은 성적이 나왔지만,
생각해보니 감독관 님의 차분한 대처로
좋은 점수를 받을 수 있었던 것 같고
선생님 하면 그 고마우신 감독관 님을 잊을 수 없고
수능시험이 내일모레로 다가오는데

올해는 누가 또 답을 아래로 쭉 밀려서 쓸 것인가

선택 과목이 아닌 과목의 문제지를 보는 것은
부정행위에 해당되어 모든 시험이 무효 처리되니,
이 점을 유의하시기 바랍니다.
감독관 님의 차분한 목소리는 계속 은행잎으로
쌓여서 11월의 어둠 속으로 우수수 날아가고

제2부

그까짓 게 뭐라고

어느 여고생이
아파트 베란다에서 투신하며
남긴 유서에
딱 네 글자가 살아 있었다

"이제 됐어"

(아이는 엄마가 제시한 성적을 낸 직후였다)

그까짓 게 뭐라고
그까짓 게 뭐라고

의자

내가 밤새 꼿꼿이
앉아 있을 수 있는 이유는 너의 자세다

추운 새벽 설한풍이 아무리 몰아친다 하더라도
두렵지 않은 것은
네가 내 등을 세상에 밀고 나가기 때문이다
내가 이 썩은 늪에 코를 박고도 견딜 수 있는 것은
네 육체에서 솟아나는 연기,
생솔가지처럼 타오르는
너의 향기가 있기 때문이다

벽에 걸려 넘어져도 내가 한없이 슬프지 않은 것은
나뭇등걸같이 딱딱한 네 밑받침이 있기 때문이다
너는 쓰러지려는 내 몸의 직각이며 저항이다
나의 게으름을 찌르는 집중된 압정이다

견고한 어둠 뒤에 서서
내 어깨에 가지를 얹는 편백나무 한 그루가 있다
아무리 폭설이 내려도 쓰러지지 않는
근엄한 계절이 있다

내가 밤을 새워

앉아 있을 수 있는 이유는 너의 침묵이다

흉터

손가락 지문에 칡꽃이 피어 있다

겨울의 끝자락
허기를 채우려고 칡뿌리를 캐어
작두로 도막을 내려다 벤 살점

나는 피가 묻어 씹지 못한 나머지 뿌리를
손가락에 묻고 덮어주었다

남들은 상처라 말하지만
내가 본 칡꽃은 당신의 얼굴이다

바람이 불어 찬 기운이 도는데도
추위를 딛고 올라온 새싹이 피어
그늘 아래 땅속 깊이 뿌리에게 햇볕을 전하고 있다

올해도 어김없이
실핏줄 따라 칡꽃은 붉게 찾아오리라

정지된 발톱

임팔라의 목덜미를 굶주린 사자가 낚아채고,
호수에 잠복하던 숨은 꽃 악어가
목을 축이던 육중한 물소를 통째로 물속으로 끌어당기고,
억센 발톱을 지닌 독수리가 믿을 수 없는 높이에서
먹이를 향해 급강하하는
바로 그 순간, 세상의 꽃잎은 피어난다

눈도 감지 못한 채,
포식자들에게 몸을 내어준 초식동물의 운명은
분명 놀라운 개화開花이다
숨이 넘어가는 순간, 꽃잎은 흩어진다

피할 수 없는 승부에 최선을 다한
그들의 모습에 경건한 빗물이 뿌려진다

일찍이 폐사된 가람의 한복판에서
무거운 석물을 지고 땅에 멈춰선 거북을 보라
숨죽인 평원에서, 돌거북의 오래 묵은 발톱을 보라
천년이 흘러도 자라나는 날카로운 발톱을
눈을 감고서 당신의 손으로 직접 더듬어보라

이때 거북의 발톱은 이끼 낀 돌이 아니라
경전의 호위무사이며 부릅뜬 퇴마의 진언이다

당신은 정지된 발톱 위에 꽃을 뿌리며
서슴없이 오체투지로 기어갈 것이다

보리누름

우럭 매운탕 끓어 넘치는 마당가에
세상은 온통 누런 바람뿐이었다

보리가 줄기 이(齒)처럼
통통하게 허릿살이 굵어질 때,
바다 밑 꽃게 알집도 등딱지 밖으로
장이 삐져나왔다

해찰스런 섬마을 아이들은
차례차례 파도가 밀려드는 보리밭을
몰치 떼처럼 이리저리 헤집고,
물살을 갈라 뒹굴며 거슬러 오르고

봄날은 종달새도 높이 마실 나가
수직의 창공엔 넘치는 가락뿐이었다

장마

오직 도시를 점령할 목표로 달려오는
다급한 초식동물의 울음소리

강물을 건너기 전 누우 떼의 발굽 소리가
강둑을 세차게 걷어차듯

산맥의 능선에서 벌어지는 전투는
불화살을 쏘고, 섬광이 치솟는다
맹렬히 먹이를 쫓는 수사자의 목소리

온 하늘에 사막의 모래바람이 인다
여우 로멜의 전차 부대가 마침내 돌격 앞으로……
밀집된 마케도니아 보병대의 긴 창끝이 살아 있다

후둑이며 지나가는 산탄散彈,
굵은 빗방울이 바로 오늘의 정예병

연잎은 측우기처럼
탄알을 받아 수량을 잰다

비만형 성곽, 도시의 곳곳이 와락와락 무너져
넓은 대야에 물이 고이고

사람들은 무릎까지 발을 담근 채
마구니가 내린 벌을 서고 있다

콘크리트 도시를 건설한 무거운 죄로

비설거지

속옷 삶아 햇살에 널고
지난번 열무 심을 때 미처 못 심었던
나머지 맨드라미 한 판 심고

가을 국화도 마저 심고
상추 따고 파 뽑고
마당에서 멍석 말고 나니,
강한 비바람이 가슴에 몰아쳤다

정말 큰놈이 올려나!

알

당신은 언제나 나를 성채에 가두려 했다
햇볕이 한사코 따라붙는 집에서 나는 남몰래
나를 닮은 커다란 알을 날마다 하나씩 낳았다
볏짚이나 둥구미도 없는 불편한 방에서
알을 낳을 때 온몸이 저려오고 간혹 팔에 힘이 빠져
심한 통증으로 말없이 울기까지 했다
알은 태어나자마자 기척 없이 무럭무럭 자라났다
핏줄이 보이고 깃털이 생겨나고
가느다란 새의 다리가 희미하게 보였다
뼛속을 관통하는 통로에는 햇살이 가득 채워지고
날개가 나무 이파리처럼 돋아날 때 나는 경악했다

콧구멍이 보일 때쯤 전에 먹었던 햇볕이
참을 수 없을 만큼 가득 부풀어 올라
나는 구름 밖으로 펄쩍 뛰어내릴까 하는
절망적인 생각에 죄 없는 어금니를 아프게 했다
당신은 하늘에서 내려온 붉은 끈으로
나를 꽁꽁 동여매더니 무슨 파란색 주문 같은 걸
연신 허공에 붙였다 떼었다 하며
내가 머물고 있는 방 안을 엿보는 표정이 역력했다

간혹 밖을 내다봤자 빠르게 성장하는 나무와
나와의 거리는 좀처럼 좁혀지지 않았다
그럴수록 내가 낳은 알들을 일일이 어루만지며
맞은편 나무로 건너뛸 날을 손꼽아 기다렸다
어디선가 하늘을 엉금엉금 기어다니는
시커먼 거미가 석양 무렵 내가 낳은 알을 노려보았다

내가 모든 걸 빼앗기고 이 낯선 집에 갇힌 까닭은
필요 이상의 햇볕을 매일 탐닉했기 때문이다
나는 임무를 깨달았고 결국 어둠으로 돌아가서
내가 본래 머물렀던 숲속의 낮은 그늘을 향해
날개를 활짝 펼치고 획을 긋는 비행으로 부활하리라
보행은 금세 시작되었고 쫓아오는 추적을 피해
당신이 외출한 사이 나는 둥근 알을 숨겼다
어머니, 이것은 누구의 자식입니까?
아버지, 이것은 과연 누구의 후예입니까?

문법은 새콤달콤

키위 제외해, 금붕어 좋아!
(함께 따라서 읽어보세요)

키 위 　금 붕
제 외 　어 좋
해 　　아

앞뒤로 연결하면 전설모음 후설모음

위아래로 훑어보면
고모음
중모음
저모음

다시 앞뒤로 자세히 보면
평순모음 원순모음

키위 제외해, 금붕어 좋아!
(함께 따라서 읽어보세요)

문법은 달콤하고 새콤하고

우리들은 신나서 이리저리 꼬리치고

새콤달콤	전설모음(혀 앞부분)		후설모음(혀 뒷부분)	
	평순	원순	평순	원순
고모음(폐모음)	ㅣ	ㅟ	ㅡ	ㅜ
중모음(반개모음)	ㅔ	ㅚ	ㅓ	ㅗ
저모음(개모음)	ㅐ		ㅏ	

은행나무 아래서

11월의 노란 은행잎은
어느 기러기 아빠가 써서 부치지 못한 편지다

끝까지 책임 못져 미안하다
아빠처럼 살지 말고 잘 살아라
아빠는 몸도 정신도 모두 잃어버렸다
저를 아끼는 모든 분들께 죄송합니다

타국까지 날아가지 못한 편지는
매일매일 차곡차곡 나무 밑에 쌓여 노랗게 병들었고
신문 사회면에는 간단한 내용만 유서로 전해졌다

11월의 노란 은행잎은
어느 기러기 아빠가 아껴 쓰고 아껴 쓰다
자식을 위해 남겨놓은 마지막 통장 잔고다
평생 쓰지 못한 지전紙錢, 돈다발이다

이국땅에 있는 자식을 위해 몸소
배달 음식 먹어가며 지하 사글셋방에 뿌리를 내려
정작 지상엔 친구조차 없었던 헐벗은 나무

11월의 은행나무는 처자식 다 떨군 홀아비 신세로
낯선 도시에 홀로 남겨진 거리의 아빠다

낮달로 찾아와 지상의 방 한 칸 찾아 헤매다
햇볕에 말라죽은……

가을밤

달의 밀물이 밀려오리라
나뭇잎으로 옷을 지어 입고
다음 생을 위해 뚜벅뚜벅 걸어가리라

오늘 밤을 지켜보자
달빛이 천 조각들을 어떻게 이어붙이는지
찬바람 맞으며 가는 나뭇잎
우산을 쓰고 비를 긋는 나뭇잎
내일이면 스스로 바람이 되어
떠나갈 떠돌이 가객 나뭇잎
몰려온 찬 기운에 너희들은
더욱 낮게 바닥으로만 가라앉겠지

뿌리를 떠나보면 알리라
홀로 가는 길에 놓인 구름을 지나
비에 젖는 이마의 뜨거움을
다음 생이 찾아오면 지나간 길을 알리라

나뭇잎으로 옷을 지어 입고
다음 생을 위해 뚜벅뚜벅 걸어가리라

약속

꽃이 피는 것은 우연한 만남이 아니라
불멸의 약속이 웃음으로 터진 것이리라

모든 씨앗은 영원히 환생을 꿈꾼다
뿌리 역시 질기게 불멸 쪽으로만 머리를 둔다

화단 한쪽 바위틈에 작은 창문을 열고
수선화 몇 촉이 파랗게 올라와 볕을 쬐고 있다

지난해와 같이 약속을 지키려는 듯
추위로부터 꽃대를 감싸려고 잎이 붕대를 감는다

꽃은 작년과 똑같은 의상에 오렌지색 립스틱
그대로의 화장술을 다시 선보일 테지만

꽃 한 송이 피우는 일이야말로,
오직 뿌리의 기억으로 견디며 약속을 지킨다는 것!

찬바람에 늦지 않게
올해도 거르지 않고 수선화는 필 것이다

산딸나무 울타리

무더위를 피해 그늘에 몰려 앉은
빛나는 한나절의 수다,
세상을 쉬어 가는 흰 나비 떼의

또는 먼 타국, 율리시스의 나라
더블린에서 보내온 선글라스 낀 누나의 웃는 사진

꽃잎 한 장 바라보니
네 장의 종이로 접은 어릴 적 바람개비

바람은 떠났고 빛바랜 수레바퀴만 웃고 있다

꽃잎 끝의 붉은 상처,
못(釘) 끝으로 박은 젊은 예수의 몸에 핀 부활의 꽃
피려다가 울지 못한

못 자국이 가시처럼 까맣게 녹슬었다

시인

그대는 얼간이 정신병자
협잡꾼, 넘치는 집시의 피

지난해 바다에 나가 연락이 두절된
불안한 헬리콥터

오늘은 당신이 썼던 무채색 헬멧이
하얗게 파도에 펄럭이고 있습니다

가을 무젓

찬바람 나면 생각이 먼저
무젓을 기다립니다

매운 고추 쫑쫑 썰어 넣고
참기름 몇 방울 떨어뜨려 무친 생살,
게 발에 찔려 피가 나는 줄도 모르고
혀까지 깨물던 맛!

가을엔 누구나
제 살점을 물어뜯으며 한철을 납니다

이번 사시랭이도 비린내가 토실토실하겠습니다

부엉이

새벽 두 시나 세 시에
너의 창을 두드릴 수는 없다
잠에서 깨어
마땅히 할 일이 없다고 해도
멧비둘기 우는 아침까지는
기다려야 한다

네가 긴 잠에서 깨어날 때까지는
나는 말을 참을 수밖에 없다

나는 그냥 뜬눈으로 밤을 걷고 있는
풀잎이나 마찬가지
이슬이 밟고 가는 지붕 위에서
너를 만지작거리는 달빛이나 마찬가지

나는 가녀린 네 심장을 파먹고 싶다
이유 없이 네 눈알을, 뼈를 파먹고 싶다

점

공원에
불빛이 밝은 건 죄가 될 수 없다

누구일까?
그토록 가까이서 너를 본 사람이

아무도 볼 수 없는 귀밑,
고란초 한 잎 피었다 진다

믹스커피

늘 궁전 같은 곳에서
사방을 유리로 만든 모스크 안에서
화려한 볼 터치를 하시는 분이
서민들이 마시는
물맛을 탐하시다니요

마셔도 마셔도
질리지 않는 향취를 탐하시다니요

저라면 차라리 혀를 차며
모든 것을 쏟아버리고 말겠어요

어제도 오늘도
쓰디쓴 육체를 탐하시다니요

아까워하지 마라

주인이 가지를 쳐내면
그해 사과는 씨알이 잘고
남이 가지치기를 하면
사과는 가을에 틀림없이 굵다

온종일 텅 빈 과수밭에서
햇살에 실려 오르락내리락,
꽃눈 하나하나에 눈 맞춰가며
어떤 사랑을 잘라낼까
어떤 사랑을 남겨둘까
솎아내는 일이 결코 쉽지만은 않았으리

남은 사정없이 가지를 칠 수 있지만
주인은 모두 아까워서 망설이기 때문이다

제발 아까워하지 마라

카페 한 바퀴

붉게 익은 커피를 따는 검은 소년의 눈망울에
머물다 가는 소낙비로 한차례 들른 카페에서
내가 준비한 커피 자루에 커피콩을 가득 채워
울퉁불퉁한 먼 산길을 트럭으로 돌아나가면,
온종일 커피를 따는 노동으로 이상하게 몸이
투명해지며 커피콩의 향기에 피로는 풀어진다

소년은 날마다 붉은 커피를 담뱃갑처럼 만지작거리며
저임금에 배곯고 온종일 힘겨운 노동으로 인해
몸은 말라가며 커피의 영혼으로 검게 타 변해간다
나는 나무 그늘에서 더위를 피해 한나절을 쉬다가
겨우 눈을 떠 바라보면 여전히 콩을 볶고 있는 안주인
태양이 기울자 나무가 점점 소란스럽게 빛을 발하고
커피의 집엔 하얀 모자를 푹 눌러쓴 낯선 여자와
불량한 복장의 남자들이 떼를 지어 몰려들어 온다

커피콩을 아직 매달지 못한 우거진 커피나무 아래
태양이 연두색 묘목을 키우고 색깔을 입혀 꿈꾸듯
커피는 사실 우리가 즐겨 마시는 음료이기보다
붉은 열매가 더 보기가 좋다는 불량한 생각을 할 때

배부른 카페, 나무의 체중은 어느 정도 위선적이다

커피를 지나치게 숭배하는 태도로 커피 잔을 들다가
그만 나무 테이블에 확 엎지를 경우의 불행도 있다
나이테를 보아하니 원래 떡갈나무인데 향기만 제거하면
커피와 서로 피가 통하는 떫은 놈일지도 모르는 일

도토리가 차라리 커피콩처럼 붉은빛을 띤 열매였으면
하는 혁명적인 생각에 커피 맛이 익숙해질 때도 있다

정작 의지할 나무 한 그루 없는 덥고 황량한 커피하우스,
한 자루의 붉은 커피를 힘들게 따서 둘러맨 나는
붉게 익은 커피콩을 주렁주렁 매단 뒤틀린 나무에 놀라
땀도 흘리지 않고 커피집 '나무'에서 벗어날 때
커피 한 잔에 깃든 비바람 몇 문장을 겨우 읽을 수 있다

제3부

하루

한 번 찾아온 감기가 돌아갈 생각 없이
눌러앉아 방 한쪽을 차지한 계절

이 산 저 산에 뜨거운 열꽃이 피어
세상은 온통 분홍색 날갯짓이다
구름이 천천히 걸음을 옮기고
바람이 꽃잎을 한곳에 불러 모을 때
어디선가 수꿩의 울음소리가 들리는데
창가에 날아든 파리마저 싱그러운 날이라

나물 캐러 앞산에 간 친구는
온종일 소식이 없고
멧비둘기 한 쌍 한낮을 길게 울고 있다

연두의 소리

꽃이 지는 소리를 들어봐
웃음이 비집고 올라오는 소리
문풍지가 없는 허공에서 떨어지는
팔랑팔랑 날갯짓 소리
이따금 바람의 혀에 걸려 아우성인
벼랑 끝 파도 소리
어디서 들려오는 것 같아
너의 희미한 목소리

꽃잎이 지나가는 얇은 소리
빗물에 젖어 흔들리는 소리
대신 울어주는 비둘기 울음소리
네가 떠난 자리에 연두가 벌써
햇빛에 까맣게 목이 쉬어가는데
네가 있어 순간이 아름다웠다는 걸
꽃이 달아나며 소리치고 있어

연두가 콧노래 부르며
올라오는 소리에 귀 기울여봐

사리舍利

죽을 즈음 물고기의 모습은 각양각색이다

곧게 한 방향으로만 헤엄쳐 가는 놈
물구나무서서 꼬리가 위로 솟구쳐 오르는 놈
스스로 배가 뒤집혀 거꾸로 가는 놈
바닥에 이미 엎드려 숨만 간신히 쉬고 있는 놈
혼자만 살려고 밖으로 달아나다
수족관 안에 설치된 전깃줄에 몸통이 걸려
꽁꽁 묶여 있는 놈

석쇠를 삼킬 듯한 불꽃의 옷자락

나는 전어구이 한 접시를 앞에 마주하면서
거친 바다가 숨겨놓은 사리舍利를 찾으려
쇠젓가락으로 불탄 자리를 천연덕스럽게 뒤적거리고

붉은 흙

빗방울이 후두둑……
난데없이 봄비가 종종거리며 지나갔다

잠시 후 눈앞이 어른거려
안경을 벗어보니 알에 꽃무늬 발자국이
선명하게 찍혀 있다

그런데 이게 웬일이야
붉은 흙이 착 달라붙어 있네

아, 지구가 몸살을 앓고 있구나!

서풍에 실려온
먼 나라의 기침 소리가 안경에 묻어 있다

옹이

하루살이보다 목숨이 조금 길고
매미 울음보다 조금 짧은 사랑아
이제 안간힘 같은 건 필요치 않다
떠도는 집시의 핏속으로 길을 떠나려마

꽃잎은 떨어진 다음에도 살아 있다
끝없이 마음에 바람이 불기 때문이다
이별은 저렇게 길바닥에 주저앉아서
다시 붉은 꽃인 양 머물다 스러지겠다

그대로 눈동자를 살리고 있노라면
불에 덴 봄날을 매만지며 여름은 오리라
열매는 꽃잎이 떠난 후 잎이 움켜진 힘,
바로 짧은 사랑이 남긴 주먹이다

나무 그늘 속에는 시고도 떫은 주먹을
불끈 쥔 옹이들이 여기저기 숨어 있다

나무는 남몰래 이별의 힘을
비바람 맞으며 키우고 있는 것이다

캐리는 수행 중

캐리는 오늘도 절식하고 묵언 수행 중이지요
딱딱한 과립형 사료로 아침저녁 단 두 끼만 해결하면
모든 식사는 끝이 나기 때문에
길을 가다 먹잇감을 보거나 식욕을 자극하는 냄새를 맡
아도
바깥 경계에 절대 흔들리지 않는 캐리

실수로 사람들이 꼬리를 밟아도
남을 향해 짖기는커녕 끙끙거리지도 않습니다.
하루 종일 온순한 돌부처가 되는 캐리

한평생 불편한 누군가의 눈이 되어줄 수 있는 삶
마음으로 세상을 읽는 아라한.
캐리는 앞 못 보는 사람의 지팡이이며 점자책이죠

주변의 도움 없인 집 밖을 한 발짝도 나갈 수 없었는데
캐리 덕분에 상점, 우체국은 물론 공원에 산책도 간답
니다
세상의 구름을 만져볼 수 있어 얼마나 고마운지 몰라요

사람의 눈이 되기로 평생 서원을 세운 캐리는
성대가 멀쩡한데도 함부로 타인에게 말을 걸지 않습니다
앞 못 보는 김 씨가 일을 마치고 밤늦게 집에 돌아오면
그저 말없이 얼굴만 바라보고 빙그레 웃는 캐리

말을 잊은 강아지로 태어났지만 평생 사람의 곁에서
시들지 않는 꽃을 피우며 용맹정진하는 도반
우리 동네 김 씨의 눈 푸른 지팡이 캐리를 아시나요

끈, 침몰

주검을 끌고 막 배 밖으로 나가려고 할 때
잠수부를 잡아당기는 납봉의 강한 힘이 느껴졌다
구명조끼 아래쪽 끈에 뭔가가 연결돼 있었다
맨발인 채로 바다의 속살에 끼어 있다가
끈을 당기자 한 여학생의 시신이 밑에서 따라 올라왔다

두 사람을 한꺼번에 끌고 나가기에는 너무 무거운 이때,
잠수부가 두 육체에 연결된 끈을 조심스럽게 풀어주었다
이윽고 여학생을 조용히 내려놓은 다음
남학생을 먼저 배 밖으로 힘껏 밀어냈다
육체는 물속에서 보통 풍선처럼 떠오르게 마련인데,
남학생의 시신은 수면 위로 쉽게 떠오르지 않았다

이들이 차례로 물 밖에 나오자 주검은 주검끼리,
서로의 눈물을 닦아주며 풀린 끈을 다시 옭아매고 있었다
구름에 떠가던 신발 두 짝이 직각으로 기울더니
태초의 시작인 듯 다시 바다 밑으로 고요히 가라앉았다

비몽사몽

해가 떴는데도 나무그늘을 찾기가 쉽지 않아요
순간순간 배가 아프고 머리가 너무 띵해요
밤이 깊어도 별이 뜨질 않아요
자꾸 낮은 점수를 받는 꿈을 꿔요

하얀 종이만 쳐다봐도 심장이 쿵쾅쿵쾅 뛰어요
건물의 붉은 벽돌이 나를 향해 막 무너져 내려요
새소리 가득한 뒷산이 성큼성큼 걸어오고
언덕길에 있는 느티나무들의 뿌리가 마구 뽑혔어요
구름 속에 있던 내 몸이 뚝 떨어져 호수에 빠졌어요

내 옷가지들은 폭풍우에 펄럭이며
망망대해 하늘로 날아가 버렸어요

그늘이 고여 있는 약수터 우물가에서
오래오래 머리 숙인 채 내 몸이 출렁거렸어요

빙어

한겨울 수좌首座는 방에 갇혀 있다

물속에 있으면 위가 얼음,
밖에 나오면 아래가 얼음

호수에 잠긴 고기는 벽을 거울삼아
마음이 얼지 않게 한철을 보낸다

너도 나비의 날개를 달고 싶구나!
응, 호수 밖 하늘에서 맘껏 날고 싶어

그루터기

아직 이별한 것은 아니었나 보다
그때 미련 없이 떠나보냈지만

서로 무관심하게 잊혀졌던
침묵의 나이테에 언제부터였을까

세상 아무도 모르게 소리 없이
그 누군가 이렇게 찾아와서

다시 싱그러운 새싹을 틔우고
텅 빈 자릴 차지해 일어서고 있으니

이미 쓸쓸하다 생각했던 빈자리에
오랜만에 함박웃음이 보이는 것은

영영 네가 잊힌 것은 아니었나 보다
돌아와 다시 잎사귀를 피운 것을 보면

반지[*]를 굽다

반지는 연이어 개구리울음을 쏟아내네요
유채꽃 웃음으로 울타리를 두르고 있어요
하늘엔 안개꽃 잔별들을 잔뜩 걸어놓고,
넓은 챙을 인 머위나물이 옷을 지어내네요

나방은 불꽃을 향해 온몸으로 투신하다가
그을음에 붙어 부엉이 울음을 엿듣고 있어요
금빛 물감을 연신 풀어내는 반지의 잔가시들
마당엔 송홧가루가 쌓이며 밤을 색칠하네요

하루 일당을 가지고 고기 사러 포구에 다녀온
친구 마음처럼, 바다 향기에 졸음도 잦아드네요
두런거리는 그림자가 연신 반지를 굽고 있어요

등꽃이 기침을 하며 똬리를 트는 봄밤입니다

* 반지 : 밴댕이의 안면도 방언.

80

첫사랑

복도 끝에서 네가 걸어올 때
나는 너의 그림자 속에 몸을 숨겼지

빨간 지붕에서 네가 내려올 때
나는 구름 위의 종달새가 되었지
그렇게 네 머리칼이 스치듯 지나갈 때
울타리에서 우리를 지켜보던
하얀 머플러를 두른 아까시꽃이 배시시 웃고 있었지

뛰어내릴까 말까
툭, 하얀 꽃잎이 땅에 떨어졌어

뒤따라온 꾀꼬리 소리가
아득하게 시간을 지워버렸지

과밀학급

배롱나무 한 그루가 개미와 지렁이를 위해
자리를 잡고 밥상이라도 차릴 모양이지만
숟가락이 들어갈 틈새가 없다

새 주소로 이사하자
누렁 잎 지면서 몸살을 앓은 채
아무리 주삿바늘을 꽂아도
답답한 화병이 낫질 않는다

사람과 사람 사이
빽빽한 구름과 구름 사이
간격이 없는 건물과 건물 사이

몇은 잠자고 몇은 잡담하고 몇은 책 읽고
울타리로 밑줄 친 격리 지역,

보아하니 화단 역시 과밀 학급이다

달콤한 과자

우리가 살고 있는 집 양철 지붕은
비가 내리면 상냥한 타악기로 연주되고
뒤뜰에 늘어선 탱자나무 울타리 속 탱자는
신명이 나서 쑥쑥 신맛이 가시를 뚫고 나오려 하고

소낙비가 내려도 나는 개의치 않고
그날그날의 숙제를 밀리지 않고
칸칸이 나누어진 양철 지붕 아래
군불 지핀 뜨거운 오븐인 골방에서
나는 이스트를 먹은 밀가루 반죽처럼 부풀어 올랐다

일단 케이스를 열면 얇은 비닐 포장이 있고
이걸 걷어내면 맛있는 초코 쿠키를 먹을 수 있다

다크초코 여섯 개와 화이트초코 한 개가 보이고
일반 쿠키도 여럿이 보였다
여기에 사용된 초콜릿이 벨기에산 초콜릿이라고 하던데
진짜 벨기에 초콜릿인지 증명할 방법은 없었지만

일단 맛을 보니 달콤한 인생이야

그중 화이트초코 맛이야말로 일품인 걸

집을 벗어난 나의 형제들은
세상 밖을 향해 풍선처럼 마냥 춤을 추었다

뚜껑을 여니 막상 먹기에 아깝지만
쿠키 세트 밖엔 여전히 빗소리가 깔리고
형제들은 양철 지붕 안에서 딱딱한 어둠이 가시길 기다
렸다

먹기에 아까운 쿠키처럼 자라기 위해
벌건 양철지붕 위를 타닥타닥 바쁘게 뛰어다니기도 했고
바탱이 안에서 부글부글 발효가 되어 끓어오르기도 했던

녹슨 지붕 아래서 땡감인 양 익어가던 반죽 행렬
그래, 달콤하게 굳은 빵들은 사랑받을 수밖에 없었을
거야

노송老松

나는 저 절벽 위의 세월을 꽃이라 불러요
잎은 사랑의 물결
해와 달의 심장을 본뜨고 말았죠
조금만 건드려도 비바람이 흘러
상처를 견고하게 깁는 밤안개라니
뿌리는 바위 깊숙이 새살로 돋았어요

나는 저 허공 위의 침묵을 나무라 불러요
아찔한 벼랑에서
자란 풀이지만
한 떨기 꽃이 되었죠
몸부림치면서 상처를 이겨낼 때
세월은 안으로만 견뎌라 견뎌라
보랏빛으로 소리쳤어요

오랜 구름으로 바라봅니다
허공에 밧줄 걸고 암벽을 타는 노인을

나뭇잎 한 장

나뭇잎 한 장이 돌아왔다
그의 직업을 던져버리고
가볍게 빈 몸으로 돌아왔다

투명한 마음이 되어 돌아왔다
물살을 가르고
여름 한철 무성했던 피를 버리고
최초의 빛깔로 돌아왔다

내가 감동한 것은
그가 남긴 마지막 몸짓이었다
시간 속에 잠든 그의 목소리였다
해체하라, 해체하라

나뭇잎 한 장이 돌아왔다
내 영혼의 만타가오리!

붕장어

밀물과 썰물이 뒤척이는 한밤중
너를 만날 수 있는 마지막 순간이다
비겁하게 달빛에 숨지 마라
고개를 들고 먹이를 기다리는 너는 구멍이다
밤의 포식자여, 달빛은 너의 신음 소리

뱃전에 부딪히는 물결에서
너의 은둔을 지탱하는 숨소리를 들었다
깊은 밤 만灣의 눈동자에 나 홀로 왔다
너를 만나기 위해 한걸음에 달려왔다
배들은 이미 괄호 안에 묶여 있다
죽음을 잊어버린 야광찌가 나를 반기며
행성 속으로 어둠을 빨아들이고 있다
부표는 흔들리지만 섬은 제자리에 있다
모래 바닥에 깊숙이 숨지 마라

달빛에 물든 바다는 위태롭다
너를 겨눈 화살 끝에 바람이 멈춰 있다
아가리를 최대한 벌리고 너의 탐욕을 채워라
그릇 안에 가득 찬 풍랑을 건지리라

절대로 공격을 포기하지 말라
바닥에 쓰러져 비틀거리지도 말라

달빛에 목을 빼고 길게 우는 네 목소리를 들었다
반짝이는 중세의 문자를 물결처럼 읽으리라
오늘 밤 묵은 난파선에서 항아리를 건지리라

낚시
—박형범의 말

농어 먹으라고
낚싯바늘에 대하大蝦 끼워놓았더니
생선 절도범이 왔다

사냥을 빙자한 소매치기
가마우지,
남의 생선을 편하게 취하려 했으니
오늘 너는 바다의 현행범

고래 심줄에 묶인 너는
갑판 위에서 하루를 보내야 하는
조롱거리 죄인이다

천수만 무명 시인,
긴급 구속하마!

우럭

거센 비바람에 한순간 몸의 비늘을 빼앗기고 맨살마저 갈라 터진
나무 물고기 한 마리가 허공의 평상에서 왜 헤엄치게 되었을까
추녀 끝에 수평으로 매달려 온종일 직각의 기다림에 야위어간다

세상에 나가 짠물만 먹고 돌아온 털보가 엊그제 국숫집을 차렸다
시간 나면 국수 한 그릇 먹게 와라, 회화나무 골목에 터를 잡았다
요즘 색이 한창인 걸, 세상에 노랗게 꽃물이 번졌어, 응, 웃었다

찬물에 국수를 막 건져내다 양푼끼리 부딪히는 소리가 들린다
가시관을 눌러 쓴 물고기 한 마리 김 서린 주방에 언뜻 보인다
지느러미가 심하게 흔들리며 방파제 아래서 숨을 몰아쉬고 있다

얼룩무늬 얼굴에 깊은 주름살, 입안의 아가미가 새까맣게 탔다

　국수를 묶었던 붉은 노끈 몇 가닥 몸에서 풀려 서로 엉켜 있다
　어두운 벽면엔 물때가 지난 줄도 모르고 주방 도구들 매달려 있다

　우럭은 빨랫줄에서 아가리를 벌리고 **뼈째 꾸들꾸들** 저물어간다
　세상은 그가 품었던 소금이며 모래며 불꽃까지도 말리는 중이다

안골 습지

길의 꼬리를 밟고 산을 한 바퀴 돌아서
낮은 곳으로 내려가면
습지가 있다

비탈길에서 만난
청 맑은 까치 소리도
언제나 습지 쪽으로 길을 잇는다

한밤중엔 영천사靈泉寺가
습지를 위해 불을 밝힌다

산이나 사람이나 새 떼들도 습지에서
잠시 앉아서 쉬었다가
다시 제 갈 길로 들어선다
습지는 낮은 데 있지만 마을의 샘터다

나도 습지에서 가끔 목을 축인다

제4부

건이의 대답

너 요즘 애인 생겼다고
소문이 파다해

세상 사는 기분이 어떠냐?

(한참 뜸 들이다가)
건이는 씨익 쪼개면서 말했다

기분이란 게 뭐 별거 있나요

슬리퍼로 뺨따귀 한 대 후려치고 싶은 놈도
관자놀이에
딱밤 한 대 주는 거로 그치고 싶죠

거리의 광어

빈 모금함에서 쓰르라미가 울고 있다

빗비늘이 전신에 돋아나 햇살마저 찌르고
비늘이 벗겨진 눈가엔 미물이 붙어 있다
지나가는 사람들이 이따금 동전 사료를
던져주기도 하지만 두 손을 놓을 순 없다
넙치는 왜 꼬리도 없이 바닥에 엎디어 있을까

눈이 튀어나온 얼굴은 황갈색 바탕에
생의 어루러기가 버섯처럼 피어 있다
양산 그늘이 지느러미처럼 늘어져 있다
건너편에서 이쪽으로 열대성 물고기들이
재잘거리며 횡단보도를 건너오고 있다
누더기 가죽옷을 걸친 한 마리 넙치를
그들은 본체만체하면서 지나갈 뿐
전신이 바닥인 까닭에 넙치는 흙빛이다

먼 행성에서 떠내려온 길 잃은 부표처럼
하반신이 잘려나가 비닐을 덧대 뿌리내린
꼬리지느러미가 한 곳에서 오래 떨고 있다

넙치는 햇볕에 녹아 활대 모양 휘어져 있다
뱃가죽을 땅에 바싹 붙이고서
하모니카를 온몸으로 당겨 불고 있다

역 광장에 양산을 쓴 넙치가 엎드려 있다

회화나무 선생님

여름내 공부는 가르쳐주시지도 않고
매미 소리나 열심히 따라 불러라 하시더니
강아지풀이랑 잘 놀고 있어라 하시더니
그냥 팔베개하고 낮잠만 쿨쿨 주무시더니
지나가는 하루살이나 개미 행렬에게도
너는 다정한 눈길 주며 살라 하시더니
갑자기 소슬바람이 부니, 이게 웬일입니까?
가을이 되자 속세를 훌쩍 떠나시려고
문 걸어 잠그고 습자지에 글자 한 자씩 써서
벼랑 아래 흰 구름으로 바삐 던지실 자세니

선생님 말씀 기다리다가 어느 세월에
나뭇잎 한 장이나 제대로 깨칠 수 있겠습니까
저는 여전히 높은 하늘을 우러러보건만
선생님께서는 콩주머니 주렁주렁 매달고 계시면서
안에 감춰둔 풀벌레 울음까지 터져 나오려 하자
아직도 내 그늘이 네게 미치지 못하는 것이랴
하시며 콩 서 말 안마당에 쏟아붓고 돌아서십니다

그런데, 선생님께서는 잎사귀 한 장 없는

앙상한 지팡이만 남겨두고
어느 하늘 다니러 그리 서둘러서 떠나가십니까?

덮개

아이스크림 가게에 험상궂게 생긴
아저씨가 손님으로 왔다

신출내기 알바생이 무섭지만 귀엽게
손님을 맞이하며 다가섰다

어서 오세요
아이스크림 드릴까요
알바생은 미소를 잃지 않으며,
여기 있습니다

더 퍼주세요

미소를 잃지 않으며 조금
더 퍼준 후, 여기 있습니다

더 퍼달라고요

알바생은 조금 더 퍼주며
여기 있습니다

손님은 약간 화를 내며,
더 퍼달라고!

미소를 잃지 않고 왕창 퍼주며
여기 있습니다

그러자, 손님이 버럭 화를 내며
.

.

.

.

아니, 뚜껑 좀 덮어달라고!

먼 나라 돼지들

뼈가 부러진 나는 너를 만나고 싶었다
칸칸이 등불을 밝힌 골방에
신이 만든 보석이 잠들어 있는 듯
문을 열자마자 붉은 노을이 쏟아진다

칼을 대기도 전에 상처에서
너의 함성이 달려 나오고
나는 간신히 기침을 삼킨다
이것은 어느 먼 나라 이야기 같다

예를 들면 바나나꽃만 먹고 뛰어다니는 돼지들
자리에 눕지도 않고 게으르지도 않은 돼지들
그 돼지들은 터럭이 길게 뻗쳐올라
무척 촘촘한 향기로 햇볕을 막고
다리와 어깨의 근육을 키워내 이방인들이
좋아하는 식사에 몽땅 동원되었다는 사실처럼

이것은 분명 과거에서 달려온 유물 같다
먼 나라 여행 중에 만난 모자 쓴 이방인 같다

먼지

먼지도 뭉쳐지면 발이 나온다
이리 뛰고 저리 걷는 솜벌레

불규칙한 움직임이 재빠르다

송충이처럼 그리마처럼
어디서 머리카락 몇 올 건져 엮어서

동네 먼지들을 모두 불러 모아
계단 구석에다 집을 짓고 알을 낳는다

돌다리

짜장면 배달부가 그릇을 찾으러 와도
선생님께선 꼭 문 앞까지 나가서 배웅하신다

화장실 청소하는 늙은 아주머니께도,
당직실을 지키는 위탁업체 경비원 할아버지께도,
파릇파릇한 공익근무 요원인 청년에게도,
먼저 말을 걸며 똑같이 허리를 굽히신다

그만큼의 거리를 지키며
그만큼의 목소리 높이로
그만큼 그림자의 각도를 유지하며

개울가 다리 위에서 경계를 지운 세 사람이
크게 웃으며 지나갔다는, 옛날 여산廬山의 다리를
나는 매일매일 건너다니는 느낌이다

선생님께서 놓으신
시냇가의 경계 없는 돌다리를 생각한다

점심

잠시 생각을 식히려고 앉은 종점,
함께 만나자던 친구는 오질 않고
보이는 것은 가로수 밑 시계 수리공

버스가 지나가고 승용차가 지나가고
끊임없이 무더운 해류는 흐르는데

찾아오는 고객은
시계를 차지 않은 발목 가는 잿빛 비둘기
이어서 날아온, 하얀 원피스를 입은 흰 비둘기

손님을 기다리다 지쳤는지
고물 시계와 말씨름을 주고받다
늦은 점심 도시락을 먹는 시계 수리공

비둘기만 가까이서 밥 달라고 서성거리고

기다리는 친구는 오질 않고
보이는 것은 노점에서 혼자 식사하는
노란 외꽃이 얼굴에 핀 시계 수리공

바로 등 뒤에선 모자를 눌러쓴
거리의 화가가 커다란 물방울을 그리고

구경꾼은 배가 고파, 배가 고파
끼룩거리는 거리의 비둘기 몇 마리

함께 만나자던 친구는 오질 않고,
나는 종점에서 날지도 못하고 서성거리고

너에게

언젠가 너도 나를 막 빼서 쓰는 날이 올 것이다
시도 때도 없이 칼집에서 꺼내서
아깝지 않게 쓰는 날이 올 것이다

지금은 내가 너를 가볍게
매우 가볍게 아무 생각 없이
아무런 구애받지 않고
마구 빼서 내가 흘린 눈물 지우고 있지만

언젠가 네가 나를 부를 때가 올 것이다
불러서 세워놓고
내 손바닥으로 너의 눈물 닦게 하고
내 혀로 너의 콧물 닦게 하는 날이 올 것이다
아이처럼 너를 엎드리게 해놓고
향기 나는 너의 밑을 닦아줄 때가 올 것이다

그날이 오면
망설이지 말고 나를 빼서
내 몸을 갈기갈기 찢어서
네 마음대로 형틀에 부어 쓰기를

제발 아까워하지 말고
제발 아쉬워하지 말고
마음 가는 대로 아낌없이 하나도 남김없이
김이 모락모락 나는 나의 영혼을 접어서 쓰고 싶은 대
로 쓰기를

네가 그렇게 바라던 때가 올 것이다
내가 네 밑을 닦아줄 때가 반드시 올 것이다

농사

평평한 텃밭에 고구마 줄기를 심었습니다
주인이 대처에서 이사를 왔는지 바깥 어디로 외출을 해서
오늘도 잡초들만 텃밭을 무심히 지키고 있습니다

고랑을 만들어야 빗물이 옆으로 빠지고
젖무덤이 봉긋해야 땅도 젖을 만들지
그냥 두면 고구마가 밑이 드는 겨
옆집 할머니가 호미로 흙을 그러모으며 성홥니다

밭두둑에 북을 주지 않아 하마터면
가을까지 고구마새댁이 불임이 될 뻔했습니다

그러고 보니 할머니께선 호박고구마의 씨알을
굵게 만드는 이 마을의 삼신할미인가 봅니다

겨울 목련

당신은 나의 별이라고 쓸까 하다가
그냥 따뜻한 설경이라고 쓴다

소리에 놀라 자리에서 털고 일어난
계절이라고 쓸까 하다가
그냥 비탈에 선 어둠이라고 쓴다

쓰러지지 않는 한 그루 꽃나무라고
바람을 견디는 등불이라고 쓸까 하다가

다시 나의 캄캄한 절벽이라고 쓴다
닿을 길 없는 벼랑 끝 바람이라고 쓴다

내 안의 갸륵한 기도라고 쓸까 하다가
차마 눈보라 치는 흐린 날이라고 쓴다

마침내 엄동嚴冬을 견딜 꽃눈이라고 쓰고 만다

벽서壁書

'하마스와 이스라엘 교전交戰 격화'

소행성 충돌로 그냥 이대로
한 점 별이 영원히 사라졌으면 좋겠다
맨 처음으로 돌아가면 좋겠다

하루 이틀도 아니고 평생
무서운 증오 속에 살아가야 하나
평화로운 세상이 왔으면 좋겠다!

나는 이웃집 담벼락에 꽃을 그려 넣는다

꿩

언쟁은 제쳐두고 고집만 물고 가는 새
연기는 피어오르는데 아궁이를 발견할 수 없는 새

붉은 열매가 열렸지만 가시만 보이는 새
흩어진 콩깍지 근처엔 모난 잔돌만 뱉어두고
빈 자루를 메고 천천히 석양 길을 걸어가는 새
그늘이 보이지 않는 허허벌판에서 홀로
독배를 마신 후, 소나무 아래로 와서 잠이 드는 새

포도 씨 같은 멍을 뱉어내며 과거를 지우는 새
황금 갑옷을 입었지만 아무도 만질 수 없는 새
빈손으로 돌아가는 해넘이 산길에서
이미 지나간 나무꾼의 길을 따라가는 새
푸드덕푸드덕 날갯짓만 하는 푸닥거리 새
콩알은 고요한데 자기주장만 요리조리 굴리는 새

목소리만 있고 몸은 보이지 않는 새
발자국은 선명한데 뒷모습은 가물거리는 새
하루아침에 행적이 온데간데없이 증발된 새
가끔 잔솔밭에 깃털만 남기고 영혼은 거두어가는 새

한 해 지은 농사를 망쳐놓고 대낮에 크게 우는 새
오늘도 앞산에서 멀리 나는 비행 연습을 하고 있는 텃, 텃,

보이지 않는 텃새

산책

길을 걷다가 꽂혀 있는 식칼을 보았다
트럭 위 사과 궤짝 바로 옆자리에서
더위를 한 입 베어 문 칼은 서늘했다

그 많은 사과 중에 선택받은 놈은
하필 멍투성이 과일들
사과는 따가운 햇살을 피해 물속으로
엉금엉금 기어들어간 늪의 악어 떼 같다

움직이면 뭐든지 물고 놓지 않는,
아주 무서운 이빨을 가진 새끼들
이제 붉은 노을이 다가올 텐데
더 많은 악어가 나와 사람을 물겠지

늦게 비바람이라도 불면 큰일이다
그러니 그만 기다리고 다음 생으로나 갈까
코를 수면에 가지런히 댄 사과는
순간 망각의 물속으로 빠져든다

주인은 쭈그리고 앉아 잠복 중이다

화근

손톱 밑 거스러미를 건드리다
손가락이 곪았다

밀고 당기고 버티다
결국 내가 이겼지만
거스럼은 자기 뿌리를 놓지 않는다

아프지만 며칠만 참자

다이어트

날씨가 막 덥기 시작한 어느 날,
여름이 대문가에 어슬렁거리자
개가 갑자기 음식을 먹지 않았다

하루 이틀 사흘 물만 조금 마신 개는
일체 밥그릇에 입을 가져가지 않았다

무슨 병이 든 걸까 이레가 지날 때까지
끙끙거리며 음식에 일체 입 댈 생각이 없으니

시간이 흘러 살이 빠지고 뱃고래가 홀쭉해지자
천천히 식사를 시작하며 그림자를 응시하는 개

겨울옷을 벗기 위하여 좀 더 고행하며
스스로 자기 몸을 가볍게 만든 것이다

여름이 본격적으로 마당에 진군하자
무더위와 맞선 호피 무늬가 더욱 빛을 냈다

한나절 폭우가 쏟아지고 번개가 몰아쳤다

그때 살찐 여름이 늦게 털갈이를 하며
슬금슬금 뒷걸음질로 마당을 획 지나서
범람한 강을 건너 퇴각하기 시작했다

귀여운 복어

커져라 커져라 복쟁이
톡톡 건드리기만 하면
마냥 부푸는 바다

구슬이 되고
달이 되고 호박이 되는 배

커져라 커져라
달빛이 한 장벌이다

복, 복, 귀여운 복쟁이
섬도 달도 배가 불러오고
네 헛배도 불러온다

화났다고 배를 두드리며
이빨 갈고 우는 아가야
그놈의 독은 언제 차오르나

뽀드득뽀드득, 복쟁이
내 쓸쓸한 생의 바닷가에서 우는

유명해지고 싶은 사람에게

여든셋의 할머니가
하루 수입으로 손에 쥔 돈 만 이천 원······
육 개월 가량
모은 신문지 152kg를 판 대가로
폐지 1kg당 80원씩 계산한 금액입니다

할머니는 아마도 만 이천 원으로
통증에 소용도 없을 파스를 사고
오래 두고 드실 찬거리 냉장고에 넣었을 겁니다

천 원짜리 지폐는
장판 밑에 꼭꼭 가두어
죄수의 형벌을 감내하게 하고요
몇 개월이 흘러흘러
꼬깃꼬깃 천 원짜리 지폐들이 멍이 들고 나서야
뜸하게 들르는
손주들에게 명절 특사의 은전을 베풀겠지요

먼지가 풀풀 날리는 적막한 하루,
까막눈 할머니의 빈방에

지나간 세월이 묵묵히 쌓여갑니다

오늘도 밤에서 밤으로
길고양이가 풀어헤친 쓰레기봉투 옆,
검은 정치와 경제
사회면 뉴스가 차곡차곡 모여 앉아
달빛에 점차 기억이 바래가면
마른 가랑잎은 별무리가 됩니다

꽃게를 찾아서

시인 이선영의 「꽃게」가 보고 싶어서
그녀의 시편을 검색해봤더니
온통 레이싱 모델 이선영의 꽃밭이다
어, 미인인데, 참 맘에 드네

갑자기 꽃게를 잊은 나는
여인의 집 근처 골짜기에서 헤매다가
바닷가 야릇한 진펄에 빠졌다

파도를 타다 건진 풍경 몇 컷 항아리에
간장게장 담그듯 몰래 감추어두고
그중 괜찮은 컷 두어 장은 새벽잠이 없을
친구에게 장난으로 보내주었다

어느새 아득하기만 한 꽃게의 바다

정신 차리고 꽃게를 잡으러 달려갔으나
꽃게는 물가에 집게발 한 짝만 끊어놓고
온데간데없이 숨어 세상 밖으로 사라졌다

안개에 가린 바다에 섬이 가물거렸다

혹시或詩

시 중에 '혹시'라는 것도 있어요?
아직 못 써봤는데요

혹시, 저……
.

.

.

.

이따 자정쯤 시간 되세요?
이런 시였는데……

정말 없어요?
아, 네…… '혹시'는 있어요

그럼 우리 숲속의 그 묘지 옆에서 볼까요?
네…… 그러시죠

이제야 시 한 편이 이루어졌네요

코딩

나는 방 안에 들어온
구름 한 장을 낚아챈다

구름은 놀라서 길을 잃고
잠시 허둥지둥

재빨리 강가에 다녀온 나는
물을 채우고
구름을 냄비에 넣고 끓인다

물은 구름을 만나서 즐겁다
면과 양념을 잘 섞어
단번에 구름라면 완성!

이제 시작이다
창밖으로 지나가는 구름이
저렇게 셀 수 없이 많으니

배추밭

야, 이눔아—
배추도 석 달이면 속이 차는데
니눔은 언제쯤 속이 차는 겨—
냅다 소리 지르는 우리 엄니

햇살과 이슬만 먹고 힘줄 굵어지며
실뿌리 땅 밑으로 잔잔히 내리는 적막강산
가을 배추밭에서

알이 꽉 차 방긋방긋 웃는 놈들을 보며
철 늦은 몸살이라도 났으면

'과정으로서의 주체'를 찾아가는 여정
—하재일의 시세계

조용숙(시인)

1.

　필자가 만난 하재일 시인의 첫인상은 표정에 변화가 없
는 과묵한 느낌이었다. 그리고 두 번째 만남에서는 가슴속
에 잘 눌러놓은 용수철의 장력張力이 파릇한 새싹을 뺄어내
는 봄을 연상시키는 모습이었다. 두 번의 만남에서 느낀 것
은 주체는 하나의 통일된 전체로서 환원되지 않음과 동시에
매 순간 맞닥뜨리는 상황들 속에서 새롭게 태어나고 갱신된
다는 생각을 하게 됐다.
　주체가 상호 간의 이질적인 타자들의 우연하고 무분별한
집합체로서 존재한다는 측면에서 볼 때 하재일 시인에게서
받은 느낌은 교육자의 삶이 부여한 윤리적 주체와 시인으로
서의 시적 주체가 혼합되어 있다는 것이다. 윤리적 주체가
안정된 외연을 포장하고 있다면 내면의 시적 주체는 울퉁불

통한 굴절을 내포한다. 시적 화자는 외연을 감싸고 있는 윤리적 주체를 뚫고 올라오는 시적 주체에 충실하기 위해 자신만의 시적 문법을 찾아 나선다.

이번 시집의 제목은 『코딩』이다. 코딩은 인간의 의도를 지능 기계가 판독할 수 있는 기호와 상징의 집합이다. 단순히 표현하면 코딩은 인간의 "의견"이다. 교육자로서 하재일 시인은 4차 산업혁명으로 일컬어지는 요즘의 기술 변화 경향과 교육 혁신의 필요에 대한 담론의 주제로 떠오르는 코딩이란 화두를 다시금 자신의 내면 시세계의 이질자로 받아들이고 있다.

2.

나는 방 안에 들어온
구름 한 장을 낚아챈다

구름은 놀라서 길을 잃고
잠시 허둥지둥

재빨리 강가에 다녀온 나는
물을 채우고
구름을 냄비에 넣고 끓인다

물은 구름을 만나서 즐겁다
면과 양념을 잘 섞어
단번에 구름라면 완성!

이제 시작이다
창밖으로 지나가는 구름이
저렇게 셀 수 없이 많으니

—「코딩」 전문

　"나는 방 안에 들어온/ 구름 한 장을 낚아챈다// 구름은 놀라서 길을 잃고/ 잠시 허둥지둥" 1연과 2연에서 시적 대상으로 등장한 소재는 '구름'이다. '구름'은 공기 중의 수증기가 아주 작은 물방울이나 얼음 알갱이로 변하여 흰색이나 회색으로 뭉쳐 공중에 떠다니는 것으로 무정형의 기체 상태이다. 따라서 구름은 어떤 모습으로도 바뀔 수 있는 무한한 변화 가능성을 내포하고 있다. 시적 화자가 설정한 구름은 시적 화자가 표현하고 싶은 시의 질료로서 아직 의미가 부여되지 않은 기표이다. "재빨리 강가에 다녀온 나는/ 물을 채우고/ 구름을 냄비에 넣고 끓인다" 여기서 제시된 강가는 시적 화자가 부여하고 싶은 시적 영감의 원천이다. 물과 구름을 냄비에 넣고 끓인다는 행위는 작품 창작 과정으로 해석된다.

　"물은 구름을 만나서 즐겁다/ 면과 양념을 잘 섞어/ 단번에 구름라면 완성!" 창작의 기쁨에 집중된 진술이다. 시적 영감이 찾아왔을 때는 단숨에 일필휘지로 작품을 완성시키는 쾌감이 있다. "이제 시작이다/ 창밖으로 지나가는 구름이/ 저렇게 셀 수 없이 많으니" 시적 화자는 창밖에는 셀 수 없이 많은 기표들이 떠다니고 있기 때문에 이제부터가 창작의 시작이라고 단언한다. 제목에서 암시한 '코딩'은 자신만의 기표와 기의를 표현하기 위한 언어체계의 발견이다.

이번 시집에서 특히 많이 등장하는 소재는 '구름'이다.

> 지금, 필사적으로 당신이라는 구름에
> 매달린 나는, 한 줄기 위험한 밧줄이다
>
> ―「소금의 자화상」 부분

> 뿌리를 떠나보면 알리라
> 홀로 가는 길에 놓인 구름을 지나
> 비에 젖는 이마의 뜨거움을
> 다음 생이 찾아오면 지나간 길을 알리라
>
> ―「가을밤」 부분

위와 같은 시들에서 '구름'이라는 시어가 공통적으로 등장한다.

시적 화자가 쓰고 있는 '구름'은 아직 의미를 획득하지 못한 질료로서의 언어이다. 따라서 시적 화자는 언어 체계 속으로 진입하지 않은 질료들을 가지고 창작 작업을 거쳐 새로운 작품을 빚어내기 위한 여정을 가고 있다는 공통

점이 있다.

　　　푸른 도마뱀 떼가
　　　허공에 지문을 찍어가며
　　　수많은 날을 견뎌내는 건,

　　　아무리 어두워도
　　　여전히 잎사귀가
　　　태양을 꿈꾸고 있다는 것

　　　수직의 벽면에
　　　솜털을 그러모아
　　　손아귀 힘으로
　　　환하게 웃고 있다는 건,

　　　바람의 혀가 물어다 준 구름을
　　　햇살의 틈새에 이겨 붙여
　　　꽃을 피운다는 것

　　　시야는 사라지고 푸른 옷만 무성하다
　　　　　　　　　　　　　─「담벼락」 전문

「담벼락」에서는 벽을 타고 오르는 푸른 담쟁이를 도마뱀
으로 소환한다. 이 시에서는 도마뱀이 "허공에 지문을 찍어

가며/ 수많은 날을 견뎌내는" 존재로 그려진다. 벼랑을 타고 오르면서도 견딜 수 있는 힘은 "태양을 꿈꾸고 있다는 것"이다. 여기에서의 태양은 시적 화자가 추구하는 궁극적인 지향점으로 척박한 현재를 견디게 해주는 원동력이다. 태양을 꿈꾸기 위해서는 벽을 타고 기어올라야 하는 현실이 가로막혀 있다.

"수직의 벽면에/ 솜털을 그러모아/ 손아귀 힘으로/ 환하게 웃고 있다는 건," 뭔가에 가로막힌 부정적 현실을 긍정으로 환원하면서 정신의 날을 세우는 일이다. 또 "바람의 혀가 물어다 준 구름을/ 햇살의 틈새에 이겨 붙여/ 꽃을 피운다"에서는 또다시 시인이 자주 쓰는 소재 '구름'이 등장한다. 구름은 시의 질료이자 기표로서 햇살과 뒤섞여 의미를 획득하면서 꽃을 피워낸다.

시적 화자는 도마뱀을 등장시켜서 현실이라는 담벼락 위에 점자를 찍어가며 언어 이전의 세계로 가기 위한 몸부림을 통해 시라는 꽃을 피워낸다. 마지막 연에서는 "시야는 사라지고 푸른 옷만 무성하다"로 끝을 맺는다. 그동안의 논리는 다 사라지고 궁극적으로 남은 것은 언어 너머의 세계 즉 푸른 옷으로만 존재한다.

가을이 되니 담벼락은
자꾸 손바닥을 흔듭니다

이제 이별이라고

이제 잠시 떠난다고

나는 잘 다녀오라고
그의 붉은 손바닥에
내 손바닥을 갖다대며 말했습니다

이제 머지않아 손바닥은
모두 품에서 사라지고
그의 벽에 글씨만 남을 것입니다

뜻은 모르지만,
캘리그래피로 쓴
무슨 문자 추상화

올겨울 눈송이들이 왕왕 몰려와
벽을 보고, 비문 읽듯 책을 읽겠지요

—「담쟁이」 전문

　이번 시집 속에서 또 한 번 담벼락과 담쟁이가 등장하는
대목이다. 이번에는 아예 제목이 「담쟁이」이다. 시적 화자
의 무의식에는 뭔가 뛰어넘고 싶은 벽이 담벼락으로 존재한
다. "가을이 되니 담벼락은/ 자꾸 손바닥을 흔듭니다// 이
제 이별이라고/ 이제 잠시 떠난다고// 나는 잘 다녀오라고/
그의 붉은 손바닥에/ 내 손바닥을 갖다 대며 말했습니다" 청

춘을 상징하는 봄을 지나 치열했던 청년기인 여름을 넘어 어느새 장년기에 접어든 가을이다. 가을은 봄, 여름 동안 굳건히 지켜내야 했던 이념이나 관념도 숙성과 발효를 거쳐 화해로 가는 계절이다.

봄과 여름엔 주관적인 관념에 사로잡혀 치열한 시간을 보냈다면 가을은 좀 멀찍이 떨어져서 객관적 시선을 유지할 수 있는 넉넉함의 시간이다. 따라서 시적 화자는 지금까지 자신을 지탱해주고 있던 사회적 관념으로부터 편안한 이별을 선언한다. "이제 머지않아 손바닥은/ 모두 품에서 사라지고/ 그의 벽에 글씨만 남을 것입니다// 뜻은 모르지만,/ 캘리그라피로 쓴/ 무슨 문자 추상화"라는 것이다.

결국 모든 수사들을 다 떨어낸 담벼락이 마지막까지 품고 있을 문장은 질서와 관념을 벗어던진 자유로운 언어이다. "올겨울 눈송이들이 왕왕 몰려와/ 벽을 보고, 비문 읽듯 책을 읽겠지요" 결국 모든 관념이 사라진 추상화 같은 문장은 한겨울 눈송이들이나 읽을 수 있는 비문의 문장이면서 시인이 추구하는 시적 언어이다.

3.

하재일 시인은 오랜 시간 교단에 머물면서 학생들을 가르친 국어교사다. 그는 교육자라는 사회적 통념에서 결코 자유로울 수 없었음에도 끊임없이 잘못된 사회적 통념에 대해서 저항하는 모습을 보여준다.

> 어느 여고생이
> 아파트 베란다에서 투신하며
> 남긴 유서에
> 딱 네 글자가 살아 있었다.
>
> "이제 됐어"
>
> (아이는 엄마가 제시한 성적을 낸 직후였다)
>
> 그까짓 게 뭐라고
> 그까짓 게 뭐라고
>
> ──「그까짓 게 뭐라고」 전문

　우리 사회의 교육 문제에 대해 생각해보게 하는 시이다. 성적 때문에 비관했을 여고생. 그 여고생은 어머니가 제시한 성적을 낸 직후에 자살이라는 극단적인 선택을 한다. 유서에는 "이제 됐어"라는 네 글자가 씌어 있었다. "이제 됐어"라는 말속에는 성적 문제로 고민했을 여고생의 고뇌가 가득 차 있다. 목표를 이루었기에 또다시 그 목표에서 떨어질까 두려웠을 마음이 담겨 있다. 그래서 여고생은 극단적인 선택을 했고 이 소식을 들은 시적 화자는 "그까짓 게 뭐라고"라는 말을 되뇐다. 시적 화자만의 힘으로는 도저히 어찌해볼 수 없는 견고한 현실의 벽이 느껴지는 대목이다.

> 11월의 노란 은행잎은
> 어느 기러기 아빠가 써서 부치지 못한 편지다
>
> 끝까지 책임 못져 미안하다
> 아빠처럼 살지 말고 잘 살아라
> 아빠는 몸도 정신도 모두 잃어버렸다
> 저를 아끼는 모든 분들께 죄송합니다
>
> 타국까지 날아가지 못한 편지는
> 매일매일 차곡차곡 나무 밑에 쌓여 노랗게 병들었고
> 신문 사회면에는 간단한 내용만 유서로 전해졌다
>
> 11월의 노란 은행잎은
> 어느 기러기 아빠가 아껴 쓰고 아껴 쓰다
> 자식을 위해 남겨놓은 마지막 통장 잔고다
> 평생 쓰지 못한 지전紙錢, 돈다발이다
>
> ─「은행나무 아래서」부분

잘못된 교육열은 다양한 방식의 사회문제를 양산해냈다. 오로지 공부만 잘하면 성공한다는 잘못된 믿음 때문에 기러기 아빠라는 신조어까지 생겨났다. 그래서 시적 화자는 가을날 거리에 홀로 서 있는 은행나무를 통해서 기러기 아빠의 외로움과 설움을 짚어낸다. 가을바람에 떨어지는 은행잎은 결국 가족들에게 부치지 못한 편지가 되었다가 남겨진 자식들에게 주고 싶었던 마지막 통장 잔고로 변주된다. 「은행나무 아래서」에서는 결국은 자기 자신의 주체로 살기보다는 가족이 원하는 윤리적 주체로 살다 간 쓸쓸한 기러기 아빠의 삶에 대한 사유를 통해 우리네 삶의 주소를 물어온다.

키위 제외해, 금붕어 좋아!
(함께 따라서 읽어보세요)

키 위   금 붕
제 외   어 좋
해   아

앞뒤로 연결하면 전설모음 후설모음

위아래로 훑어보면
고모음
중모음
저모음

다시 앞뒤로 자세히 보면
평순모음 원순모음

키위 제외해, 금붕어 좋아!

(함께 따라서 읽어보세요)

문법은 달콤하고 새콤하고

우리들은 신나서 이리저리 꼬리치고

새콤달콤	전설모음(혀 앞부분)		후설모음(혀 뒷부분)	
	평순	원순	평순	원순
고모음(폐모음)	ㅣ	ㅟ	ㅡ	ㅜ
중모음(반개모음)	ㅔ	ㅚ	ㅓ	ㅗ
저모음(개모음)	ㅐ		ㅏ	

—「문법은 새콤달콤」 전문

    교사로서의 고민은 「문법은 새콤달콤」에서도 드러난다. 학생들에게 있어서 문법은 결코 피해갈 수 없는 복병이다. 그래서 시적 화자는 전설모음, 후설모음, 고모음, 중모음, 저모음을 어떻게 하면 쉽게 외우게 할까를 끊임없이 고민했을 것이다. 그래서 무작정 외우라고 하기보다는 새로운 암기법을 만들어서 기억하기 쉽게 가르쳐준다. 딱딱한 문법 공부를 시적 암기법으로 새롭게 배열해서 새콤달콤한 문장을 만들어낸다.

    교단이라는 현실 속에서 윤리적 주체와 시적 주체가 늘 충돌하던 중에도 하재일 시인만이 가지고 있는 특유의 순수성을 극대화시켜주는 대목은 바로 재치와 해학이다.

이번에 살펴보게 될 「덮개」나 「건이의 대답」 같은 시에서
는 터치하듯 가볍게 생을 반주하는 순수한 시인의 모습이
그려진다.

아이스크림 가게에 험상궂게 생긴
아저씨가 손님으로 왔다

신출내기 알바생이 무섭지만 귀엽게
손님을 맞이하며 다가섰다

어서 오세요
아이스크림 드릴까요
알바생은 미소를 잃지 않으며,
여기 있습니다

더 퍼주세요

미소를 잃지 않으며 조금
더 퍼준 후, 여기 있습니다

더 퍼달라고요

알바생은 조금 더 퍼주며
여기 있습니다

손님은 약간 화를 내며,
더 퍼달라고!

미소를 잃지 않고 왕창 퍼주며
여기 있습니다

그러자, 손님이 버럭 화를 내며
.

.

.

.

아니, 뚜껑 좀 덮어달라고!

—「덮개」 전문

    이번 시는 언어의 편을 이용하여 재미를 획득한 시이다. '더 퍼'와 '덮어' 사이에서 보이지 않게 작용하고 있는 것은 바로 손님이 험상궂게 생겼다는 사회적 선입견이다. 이미 험상궂다는 선입견이 자리하고 있었기에 아르바이트 학생은 덮어달라는 말을 '더 퍼'달라는 말로 오해한다. 전체적으로 이 시를 이끌어가고 있는 힘은 언어의 편이다. 하지만 그 속내에는 우리가 수없이 많은 선입견과 사회적인 낙인 속에서 본질보다는 사회적 편견에 이끌려 살아가고 있음을 편안하게 그려낸다.

너 요즘 애인 생겼다고
소문이 파다해

세상 사는 기분이 어떠냐?

(한참 뜸 들이다가)
건이는 씨익 쪼개면서 말했다

기분이란 게 뭐 별거 있나요

슬리퍼로 뺨따귀 한 대 후려치고 싶은 놈도
관자놀이에
딱밤 한 대 주는 걸로 그치고 싶죠
　　　　　　　　　　　　　—「건이의 대답」 전문

　「건이의 대답」에서 사랑이란 단어는 하나도 찾아볼 수가 없다. 사랑이라는 단어를 전혀 쓰지 않고도 사랑을 녹여내는 「건이의 대답」이 놀랍다. 애인이 생겨서 즐거워하는 학생을 향해 시적 화자는 "너 요즘 애인 생겼다고/ 소문이 파다해// 세상 사는 기분이 어떠냐?"라고 묻는다. 그러자 한참을 뜸 들이던 건이는 "기분이란 게 뭐 별거 있나요// 슬리퍼로 뺨따귀 한 대 후려치고 싶은 놈도/ 관자놀이에/ 딱밤 한 대 주는 걸로 그치고 싶죠". 누가 있어 사랑을 이토록 간명하면서 확실하게 표현할 수 있을까.

4.

    어느 시점에서 인생을 돌아봤을 때 후회 없는 인생이 어디 있으랴. 누구보다도 치열하게 살아온 하재일 시인에게도 못내 아쉬운 후회는 남는 생인가보다.

> 차라리 푸른 배추밭에
> 나를 던져버릴걸,
>
> 가으내 속이나 차오르게
>
> —「후회」 전문

    이번 시집 전반에 등장하는 푸른색은 젊은 시절을 상징하는 빛깔로 등장한다. 그리고 가을은 현재 시적 화자의 모습이다. 인생의 가을 녘에 도달한 시적 화자는 "차라리 푸른 배추밭에/ 나를 던져버릴걸,// 가으내 속이나 차오르게"라고 진술한다. 스스로 속이 차지 않았다는 고민은 이 시 외에도 다른 시편들 속에서도 간간이 찾아볼 수 있다.

> 야, 이눔아—
> 배추도 석 달이면 속이 차는데
> 니눔은 언제쯤 속이 차는 겨—
> 냅다 소리 지르는 우리 엄니

햇살과 이슬만 먹고 힘줄 굵어지며
실뿌리 땅 밑으로 잔잔히 내리는 적막강산
가을 배추밭에서

알이 꽉 차 방긋방긋 웃는 놈들을 보며
철 늦은 몸살이라도 났으면

—「배추밭」 전문

「후회」에 등장했던 배추밭의 사유는 시 「배추밭」에서 다시 한 번 어머니의 입을 빌 반복된다. "야, 이눔아—/ 배추도 석 달이면 속이 차는데/ 니눔은 언제쯤 속이 차는 겨—/ 냅다 소리 지르는 우리 엄니" 평범한 시골 어머니의 눈에 국밥 한 그릇도 안 되는 시나 쓴다는 아들의 모습이 믿음직스러워 보였을 리 없다. 더구나 밭에 심은 배추는 석 달이면 금방 속이 차오르는 것을 육안으로 확인할 수 있는데 아들의 속내는 영 알 수가 없으니 어머니로서는 답답할 만도 하다. "햇살과 이슬만 먹고 힘줄 굵어지며/ 실뿌리 땅 밑으로 잔잔히 내리는 적막강산/ 가을 배추밭에서" 햇살과 이슬만 먹고도 힘줄 굵어지는 배추를 보면서 시적 화자는 스스로에게 '너는 여태까지 뭐하느라 철도 안 들었냐?'는 셀프 질문을 던진다.

씨앗, 그놈 한 번 단단하다
장난삼아 칼로 썰어보니

꼼짝을 안 한다

세상의 떫은 맛 혼자 삼키고
단맛 뱉느라 단단해졌다

―「열매」 부분

「열매」라는 시에서는 「후회」나 「배추밭」의 사유에서 한 단
계 더 앞으로 나간 사유를 보여준다. "씨앗, 그놈 한 번 단
단하다/ 장난삼아 칼로 썰어보니/ 꼼짝을 안 한다". 항상
과육에 둘러싸여 좀처럼 그 속을 보여주지 않던 씨앗을 발
견한 시적 화자는 장난삼아 칼로 씨앗을 썰어본다. 그런
데 그 씨앗이 너무 단단해서 꼼짝을 안한다. 씨앗의 단단
함은 "세상의 떫은 맛 혼자 삼키고/ 단맛 뱉느라 단단해졌
다"는 것이다.

길을 걷는데
톡, 하고
살구 한 알 떨어진다

애, 넌 왜 땅만 바라보고
걷는 거니?
가끔 하늘 좀 올려다 봐

놀라서 서로 웃고 있는데

살구와 살구 씨가 분리된다

생각은 가벼워지고 몸은 다시
빠르게 움직이는 아침

톡, 톡,

―「톡」 전문

달콤한 과육을 감싸고 있는 씨앗에 대한 사유는 「톡」에 이르러서 그 절정을 보여준다. "길을 걷는데/ 톡, 하고/ 살구 한 알 떨어진다// 얘, 넌 왜 땅만 바라보고/ 걷는 거니?/ 가끔 하늘 좀 올려다 봐" 땅만 보고 걷는다는 것은 뭔가 깊은 생각에 빠져 있다는 뜻이다.

철이 든다는 것은 무엇인가? 삶의 옳고 그름 혹은 삶에서 추구해야 될 궁극적 진리는 무엇일까? 최종적으로 이르고자 하는 목표는 어디일까? 이런 사유들을 끌어안고 살아온 시적 화자에게 죽비 소리처럼 떨어진 소리가 바로 '톡'이다. 이어서 시적 화자가 놀라서 웃고 있는 사이에 살구와 살구 씨가 분리되는 더 놀라운 일이 벌어진다. 지금껏 하나라고 생각해왔던 살구와 살구 씨가 분리되면서 "생각은 가벼워지고 몸은 다시/ 빠르게 움직이는 아침"이다.

과육으로 대변되는 살구와 과육을 감싸고 있는 살구 씨. 살구 씨가 살구의 본질이라면 살구 씨를 감싸고 있는 과육은 눈에 보이는 실재이다. 과육과 씨앗 중 어느 하나만을 선택할 수 없듯이 하재일 시인이 창작의 고통에 투신하는 동안 윤리적 주체와 시적 주체의 불편한 동거는 계속될 수밖에 없다. 하재일 시인의 시는 윤리적 주체와 시적 주체의 불편한 동거 중에 잉태된 시의 출산 과정이다.

하재일 시인의 이번 시집에서 스스로 주목한 부분은 '코딩'이다. 필자의 지식으로 이해한 '코딩'은 어떤 본질적인 프로그램에 대해서 새로운 명령어로써 표현하는 방식이다. 어떤 실재나 사물의 본질을 표현함에 있어서 자신만의 표현 방식을 가진다는 의미로도 해석해볼 수 있다. 무릇 언어를 다루는 시인이라면 자신만의 표현 방식을 획득하는 것이 무엇보다도 중요하다. 이는 단순히 표현 방식을 넘어 사물이나 실재에 대한 자신만의 인식 방법을 획득했다는 뜻이다.

그런 의미에서 볼 때 하재일 시인은 두 주체 간의 끊임없는 갈등을 통해서 자신만의 주체를 형성해가는 '과정으로서의 주체'이다. '과정으로서의 주체'는 시인이라면 마땅히 가져야 할 필수 요소인 만큼 하재일 시인의 시가 어떤 모습으로 변모되어갈지에 대해서 우리가 관심을 기울이게 되는 대목이다. 앞으로 하재일 시인 특유의 개성 있는 시적 성취를 빌어본다.